AF197972

Trödeln muss man lernen

Zwischen Gedankengang und Lebenslauf

Verlag und Druck:
tredition GmbH, Halenreie 40-44, 22359 Hamburg

ISBN
Paperback: 978-3-347-26714-5
Hardcover: 978-3-347-26715-2
e-Book: 978-3-347-26716-9

6

existieren durch den Einsatz von neuen Technologien, die das Arbeitspferd ersetzten, aber als Kind hatte sie immer das Verlangen um mit Tieren zu leben. Zu ihrem Bedauern funktionierte das nicht, da ihre Eltern keine Tiere wollten. Naja, "wollten" ist vielleicht nicht das richtige Wort. Ihr Vater wollte immer einen Hund haben, aber für seine Gattin war das kein wünschenswertes Scenario: Der Gatte war ja nicht oft zu Hause und folglich würde die Sorge und die Verantwortung für den Köter nur auf ihren Schultern lasten.

Also gab es in diesem Hause nur Mäuse und Hamster die ihr Leben im Käfig und in ihrem Laufrad probierten zu ertragen.

Tieren.

In der Heimat allerdings tobte der Vater, weil er es nicht verdauen konnte dass seine Tochter, die Tanzausbildungen im In- und Ausland absolviert hatte sich plötzlich für Ackerbau und Viehzucht interessierte.

Der Vater war für sie sowieso immer eine Problemfigur mit seinen altmodischen Ansichten. Es fehlte ihm an Poesie und er hatte kein Verständnis für die Gleichberechtigung innerhalb der Frau–Mann Beziehung.

Um seinen Stammbaum fortzusetzen und seinen Namen weiterzugeben wollte er nur Söhne und keine Töchter haben.

und da hilf auch nicht der Haferschleim mit Zucker und Dosenmilch. Angekommen auf der Schulbank verlagerte sich die Aufmerksamkeit nach oben:

Durch das Denken und die Konzentration schoss alles Blut ins Gehirn und ihre Füße wurden eiskalt. Die einzige Rettung bot eine innige Verbundenheit mit dem Lehrer oder der Lehrerin. Wie sollte sie es sonst aushalten um stundenlang auf der Schulbank zu sitzen?

Die Lehrer hatten einen gewaltigen Vorsprung was das Wissen betraf. Darum ging das Mädchen gerne zur Schule denn sie wollte etwas lernen. Sie sog den Unterrichtsstoff auf wie ein Schwamm. Für die Freundschaften auf dem Schulhof interessierte sie sich weniger. Der

10

ein kleines Geschenk für ihre Lehrerin: Einen Senftopf. Den verpackte sie mit Sorgfalt in ein farbenfrohes Geschenkpapier und schickte das Paket per Post an die Adresse von Frau Fett. Eine Woche später empfing sie einen Brief von dieser geliebten Person: Eine Danksagung mit ausgewählten Worten und Metaphern geschmückt. Das Kind wuchs ungefähr drei Zentimeter in einer Nacht. Die Bestätigung motivierte sie für das nächste Schuljahr.

Lehrer wird man nicht weil man ein Monatsgehalt bekommt sondern weil man will dass Kinder etwas lernen und wachsen.

le.

Dieser Einklang unterscheidet den Tanz von sportlichen Disziplinen.

Er lässt sich nicht messen wie ein Weitsprung. Wer nur die Anzahl der Pirouetten zählte hatte die Kunst nicht begriffen.

te Steinkrüge. Der Tisch ist gedeckt. Die Gäste kommen geduscht aus ihren Zimmern. Nach langen Bergwanderungen haben sie Hunger. Nein, Hunger kennt man nur im Krieg. Appetit ist vielleicht das bessere Wort. Doch bevor sich die Löwen auf ihre Mahlzeit stürzen wird erst einmal erzählt. Jeder hat etwas ganz besonderes erlebt: Von Fußblasen bis zur Beobachtung von Raubvögeln, spielenden Murmeltieren oder die Entdeckung seltsamer Orchideen, von charmanten Gesprächen mit den einheimischen Bauern bis zur detaillierten Wanderkarte die nicht mehr aktuell ist.

In den hohen Bergen befindet man sich näher bei Gott. Obwohl die meisten überhaupt keinen religiösen Hintergrund haben, taucht eine gewisse Magie des Er-

Viele sagen es liegt an der Stimmung. Die körperliche Anstrengung des Bergsteigens gibt den Leuten ein Gefühl von Befriedigung. Sie sitzen mit zwanzig Personen an einem langen massiven Eichenholztisch. Die Gesellschaft setzt sich zusammen aus Frauen und Männern die aus unterschiedlichen Regionen, Ländern und Kulturen kommen. Sie kennen einander nicht. Die Hemmschwelle den Gefühlen freien Lauf zu lassen ist wesentlich niedriger als in der Heimat, weit entfernt von der alltäglichen sozialen Kontrolle. So kommen Gespräche zustande zwischen Leuten die sich wahrscheinlich nie interessiert hätten für die Person die plötzlich neben ihnen sitzt. Auch wenn sie nicht dieselbe Sprache sprechen lassen sie sich nicht entmutigen

14

gument dass das Kind vom Essen abgelenkt werden könnte. Aber hier in Frankreich hat die Sprachlosigkeit einen anderen Grund. Man konnte eine Stecknadel fallen hören. Der Gaumen und das Auge bekommen Eindrücke im Überfluss. "Pays de Cocagne" oder im Deutschen ein Schlaraffenland.

weile und eventuell Depressionen mit sich mit.

Habt ihr schon mal von der Maus gehört die schließlich in ein fremdes Land auswandert wo es keine Katzen gibt? Die Maus braucht keine Angst mehr zu haben um von einer Katze aufgefressen zu werden, aber frisst sich täglich dick an Körnern und Käse die sie in Küchen und Kellern, in Restaurants und anderen Haushalten findet.

Mit dickem Bauch verlangt sie zurück nach einem Land wo es wohl Katzen gibt. Sie will wieder rennen und springen um ihr natürliches Gleichgewicht zurück zu erobern. Die Maus braucht den positiven Stress. Der Mensch hat sich zu weit entfernt von der Natur, und

16

mehr haben auf Sex und keine Lust mehr haben um zu kochen. Sie bewegen sich in einer grauen Zone die Lust und Leben tötet. Der Trieb ist das Getriebe. Anstatt diesem nachzujagen, stellen sich die meisten zufrieden mit der Mittelmäßigkeit. Um des Friedens Willen. Sex ist das beste Mittel gegen Depression. Wenn wir die Liebe betreiben existieren wir auf einmal und haben wieder Lust um zu kochen. Daher kommt vielleicht der Spruch:

"Liebe geht durch den Magen".

sieht aber was man hört. Die kleinste Abweichung im Tonfall oder in der Aussprache führt unverzüglich zu Spekulationen über die Herkunft einer Person. Akzentfrei sprechen ist besonders gefragt bei Spionen, da sie ihre Herkunft vertuschen müssen, so wie "James Bond"- Figuren oder echte Frauen so wie Mata Hari.

Wenn wir singen sind wir akzentfrei und auch wenn wir die Liebe betreiben. Für sterbliche Dorfbewohner ist das akzentfreie Sprechen nicht so wichtig. Dennoch erkennen sie ihren eigenen Dialekt.

Redewendungen die eine Sprache beherbergt sind selten zu übersetzen. Sie sind Teil der Kultur und verraten Menta-

18

wollen wissen wo du herkommst und warum du diesen Schritt gewagt hast.

Sie wollte ihren Horizont erweitern und entdecken wie sich das Leben in anderen Kulturen abspielt. Aber die, die ihre Stadt, ihr Dorf oder Land niemals verlassen hatten blickten mit Misstrauen und einer gewissen Portion Eifersucht auf sie herab. Wer in dieser Region nicht geboren war hatte keine Chance um etwas Hervorragendes zu schaffen. Glänzende Ideen wurden entweder abgewimmelt oder gestohlen. Eines Tages hatte sie aufs Neue einen Plan: Sie erlernte die Sprache der Tiere. Die Tiere gaben ihr das Gefühl dass sie zu ihnen gehörte. Da kamen plötzlich die Bewohner aus

19

nicht aussprechen. Sie schämten sich für ihr Unvermögen. "Ach liebe Leute", sagte sie da, "Mit ein wenig Übung werdet ihr das schon hinkriegen."

Ab dem Moment veränderte sich das Verhältnis zwischen ihr und den Landsleuten. Sie wurde jeden Abend in ein anderes Haus eingeladen um zu essen und zu trinken, um zu tanzen und zu singen. Und das alles akzentfrei.

Wein, Whisky oder Vermouth. "Alkohol löst die Zunge", ein altbekannter Satz.

Die Kontrolle verlieren hat auch seine Guten Seiten. Der Rausch gibt uns Flügel. Wir fühlen uns mächtig und zu gleicher Zeit machtlos.

Wir sind äußerst stolz aber zu gleicher Zeit verletzbar.

Der Rausch bringt auch die Wahrheit ans Tageslicht. Die Wut die wir solange unterdrückt haben findet wieder einen Weg um sich auszudrücken. Darum ist es so wichtig dass wir lernen um jegliche Irritation oder Frustration auszusprechen bevor sie zu einer Explosion führt. Und das ist die Kunst, denn die unterdrückten Emotionen haben sich aufgestapelt. In erster Linie wollen wir tolerant er-

Mund zu halten und eine Nacht drüber zu schlafen. Morgenfrüh wird die Sonne wieder aufgehen und die Diskussion weiter.

und an Board der Hund mit Speckrollen. Mein Besuch an Malta hatte eher den Charakter einer Geschäftsreise als den eines Urlaubstrips. Die Absprache galt, dass ich vier Tage auf der "Grappa" übernachten würde.

Nach Begrüßungsritual und unterhaltsamem small talk aßen wir zu Mittag im Hafenrestaurant frisch gegrillten Fisch mit Gemüse der Saison. Ich bestellte Wein und der Skipper Weißbier. Weil er an diesem Mittag mein Gast war, und weil ich verhindern wollte dass er sein fünftes Bier bestellte, teilte ich ihm höflich mit dass ich mich am Nachmittmit meiner Freundin Susanna treffen würde.

Der Ober präsentierte mir eine gepfefferte Rechnung.

schrank zu zwei Dritteln gefüllt hatte.

Wenn man regelmäßig in denselben Laden geht, entsteht oft eine Art Freundschaft und man diskutiert dann auch schon mal über Religion, Politik, oder über das Leben im Allgemeinen. Seine Komplimente waren mir nicht unangenehm, aber man muss sich realisieren, dass dies eine bekannte Strategie ist von Leuten die dir etwas verkaufen wollen. Man nennt das auch Kundenbindung.

Das Gespräch kam auf die alltägliche Routine im Geschäft und er versicherte mir dass er keinen Whisky mehr trank sondern nur noch gelegentlich ein Glas Rotwein. Ich lobte ihn für seine Willensstärke und seine vernünftige Wahl, denn als Weinexperte wusste ich dass Rotwein

schen Premium Wein kaufte: Einen Chardonnay und einen Malbec aus Argentinien. Danach traf ich mich mit Susanna in den Barakka Gärten. Susanna und ich waren alle beide glücklich aufgeregt um einander wiederzusehen. Susanna ist eine dynamische, spirituelle und kreative Frau. Sie hat viel Erfahrung was die Persönlichkeitsentwicklung betrifft, analysiert haarscharf menschliches Verhalten, und sie liebt Tango!!

Eines Tages würden wir sicher zusammen nach Buenos Aires reisen: Für den Wein und für den Tango. Heute erschien ihr Gesicht mir allerdings ermüdet und erschöpft, höchstwahrscheinlich von all dem "online dating".

nen, zukünftige Arbeitsprojekte, Kunst, Musik und Literatur.

Susanna hatte auch wieder einen unglaublichen Nebenjob gefunden:

Aufpassen auf einen Hund in Sliema dessen Eigentümer für drei Wochen in die Ferien fahren wollten, ohne ihren Hund.

"Wow", dachte ich bei mir selber, "Von dieser Dame kannst du noch etwas lernen!"

Es kam der Moment wo meine Intuition mir sagte zum Boot zurückzukehren, aber Susanna brachte es fertig um mich davon zu überzeugen noch etwas länger zu bleiben. Sie schlug vor um eine Kleinigkeit im lokalen Musikcafé zu essen den traditionellen Rabbit Stew nicht entgehen lassen.

Die Musik war wie immer viel zu laut und wir hatten Mühe um unser eigenes Wort zu verstehen. Im Musikcafé erkannte ich einige Gesichter und mein Kopf füllte sich plötzlich mit allerhand Erinnerungen: Erinnerungen an die Zeit die ich auf dieser Insel verbracht hatte, wo ich mein Geld ausgab an kreativen und kulturellen Projekten, im Wahn dass ich etwas beitragen konnte an das Bewusstsein der Leute die auf dieser Insel lebten.

Diese Illusion erwies sich als ein absoluter Fehlschlag. Es gab keinen Grund um aufs Neue mit diesen Personen in Kontakt zu treten.

Zurück im Hafen angekommen mit zwei Flaschen Premium Wein in meinem Rucksack traf ich den Skipper an in dem selben Hafenrestaurant wo wir zu Mittag gegessen hatten. Dieses Mal hatte er ernsthafte Schwierigkeiten um sich auf den Beinen zu halten.

Was hatte sich hier in den letzten Stunden in Himmels Namen abgespielt, dass er sich in so einem schlechten Zustand befand?

Einer der Ober versuchte auf ihn einzureden um ihm deutlich zu machen, dass es Zeit wäre um auf der "Grappa" seinen Rausch auszuschlafen. Aber der Skipper wollte von nichts wissen.

Ich beschloss um mich nicht einzumischen in die Probleme anderer und auch nicht in die des Skippers.

Mit unsicherem Gefühl über die ganze Situation verfolgte ich meinen Weg und ging an Board der "Grappa". Kurz nachdem ich mich auf dem Deck installiert hatte kam auch der Skipper an Board und nun begann die Party erst richtig: Der Skipper drehte seine Stereoanlage auf mit Musik aus den neunziger Jahren, aber dann mit einer Lautstärke die den ganzen Hafen von Valletta erreichte. Trotz der Tatsache dass er sich nicht auf seinen Beinen halten konnte, schaffte er es um die Flasche Malbec, Premium Wein aus Argentinien zu öffnen, die ich

lach um eine Alternative zu finden um zu übernachten. Wie konnte ich mich aus dieser lächerlichen Situation retten? Ich versuchte meinen Kopf kühl und klar zu halten.

Ich wusste dass Alkohol das Verhalten von Menschen beeinflusst, und beim Skipper verstärkte der übermäßige Konsum das Verlangen um wichtig und männlich zu erscheinen: Er unternahm mitten in der Nacht einige Routine Kontrollen, so wie das Starten des Motors. Meine Kabine befand sich direkt neben dem Maschinenraum und der Gestank von Diesel war so penetrant, dass ich kaum atmen konnte. Die Tür zwischen meiner Kabine und dem Maschinenraum hatte er offen gelassen. Der Motor machte außerdem soviel Lärm, dass es un-

Die Frage war jetzt nur noch ob auch die Logik eines achtunddreißigjährigen Betrunkenen so klar und deutlich sein würde.

Nachdem er dreimal aufs Neue den Motor gestartet hatte verlor ich meine Geduld. Ich fühlte mich provoziert und beschloss der Konfrontation nicht mehr aus dem Weg zu gehen:

"So, und jetzt möchte ich gerne schlafen!" sagte ich in einem strengen Ton. "Wenn du nicht sofort aufhörst mit deinem Theater, werde ich die "Grappa" verlassen und wir sehen uns nie wieder!"

Scheinbar brachte eine gewisse Autorität in meiner Stimme ihn zur Einsicht dass ich es ernst meinte und er verschwand in seine eigene Koje wo er in

31

An dem darauf folgenden Tag kam die Hafenpolizei persönlich mit einem Brief:

Die "Grappa" mit den dunkelbraunen Segeln und dem Hund mit Speckrollen musste den Hafen von Valletta innerhalb von drei Tagen verlassen.

dieser Jahreszeit begann der Tag erst um sieben Uhr zu dämmern.

Bei der Jagd auf Thunfisch muss man gut ausgerüstet sein. Erwachsene Thunfische können einige Kilos wiegen und deshalb hatte der Fischer seine stärksten Angeln mit den dementsprechenden Haken und Ködern versehen.

Er startete den Motor und fuhr in hohem Tempo aus der Meeresbucht heraus um so schnell möglich außer Sicht zu sein.

Der Wellengang war bemerkenswert stark und das Fischerboot prallte regelmäßig auf das Wasser was jedes Mal eine heftige Schockbewegung verursachte. Dass wir keinerlei Sitzgelegenheit hatten machte diese Situation noch etwas kom-

Cocktailparty unter Freunden, die wir erst um zwei Uhr morgens beendet hatten.

Aber wir sind ja noch jung. Das müssen wir abkönnen. Wer am Abend ein großes Maul hat muss auch am Morgen seinen Mann stehen.

Der Wellengang wurde jedoch immer stärker und wir hatten Mühe ums frei zu bewegen gar nicht zu reden über das Auswerfen der Angeln. Der Fischer schaltete den Motor in den höchsten Gang in der Hoffnung dass wir schließlich in ruhigere Gewässer geraten würden, aber das erwies sich als ein Irrtum. Er hielt den Motor an und versuchte die Angeln selbst auszuwerfen. Für zehn Minuten konnten wir uns den Sitz im

noch mehr Übelkeit. Außerdem hatten wir keine Schwimmwesten an Board!!

Unsere Gesichter waren bleich und wir hatten die Neigung um uns zu übergeben.

"Ok", sagte der Fischer, „ es hat wohl keinen Sinn um mit euch weiterzufahren. Wir werden wieder zurückfahren in den Hafen, aber erst will ich mich noch von einem Teil trennen das ich an Board habe"

Er holte eine schwere Batterie aus einem Eckschrank und ließ diese an einem Tau bis auf den Meeresboden sinken.

"So", davon sind wir auch wieder befreit", sagte er zufrieden.

ten.

Der Fischer startete den Motor für unsere Heimkehr in den Hafen.

Inzwischen war es hell geworden und wir sahen die Sonne, die uns einen kleinen Lichtblick versprach. Die Wellen aber wurden nicht weniger und einer von uns übergab sich mehrere Male.

„Ausgezeichnetes Fischfutter", scherzte ein anderer.

Angekommen auf festem Boden verabschiedeten wir uns und bedankten uns höflich für den Trip: "Bis zum nächsten Mal"!

Wir wollten eigentlich nur eines: Nach Hause gehen und schlafen.

auch nicht die Anwaltsgattin und letztlich nicht "La Première Dame".

Ihr Mann arbeitet bei der Müllabfuhr, und mit dem macht sie keine Revolution. Äußerlich ist er wohl der Typ der einen Aufstand provozieren könnte. Er hat ein markantes Gesicht, langes schwarzes Haar mit rötlichen Schimmern, das wie Engelslocken über seine Schultern fällt und ein Profil das man als charmant aber scharfsinnig umschreibt: Ein Kopf wie in der französischen Revolution.

Er bewegt sich federleicht, hat ein bemerkenswertes körperliches Gleichgewicht. Das innere Gleichgewicht hat seine Macken: Das Selbstvertrauen fehlt und das kommt ohne Zweifel durch die Prügel.

rend, insbesondere wenn es die Vater-Kind Beziehung betrifft. Ein aufwachsendes Kind braucht Wärme und Dialog um sich gut entwickeln zu können.

Ein Vater der Gewalt gebraucht ist schwach, machtlos und böse auf sich selber. Er stirbt oft einsam, denn das Kind hat die Schläge und die Erniedrigung nicht vergessen.

Jedes Mal wenn ihr Mann Kinder um sich herum hat, zeigt er sich als eine liebende und zärtliche Person. Er spricht mit den Kindern auf eine erstaunliche Art und Weise. Er gibt ihnen das Gefühl dass sie etwas ganz besonderes sind, scherzt und lacht als ob er nie eine graue Wolke in seinem Leben gesehen hätte.

weiblicher Instinkt hat deutlich etwas gemeinsam mit einem Schutzengel: Retten und beschützen.

Allerdings ist sie alles andere als eine Heilige. Sie hasst die Verniedlichung, will das Kind beim Namen nennen und sagt ihre Meinung. Eine Mutter-Kind Beziehung ist anders als die zwischen zwei Geliebten. Sie ist nicht seine Mutter!

Sie hat selbst einen Sohn den sie mit viel Liebe groß gebracht hat und zu gleicher Zeit zu kritischem Denken und Selbstständigkeit angeregt hat.

In einer Frau-Mann Beziehung spielt Intimität eine große Rolle.

Diese wollte sie unabhängig sehen von sozialem Status.

einander begehren?

In regelmäßigen Abständen kommt jedoch ein Thema auf den Tisch, die alle Parteien auseinandertreibt: "Geld".

Ihr Vater sagte immer: "Wo kein Geld ist tanzt der Teufel an der Wand". Darum war ihr Wunsch groß um in einer Welt zu leben, in der Geld keinerlei Bedeutung hatte. Philosophische und ethische Fragen waren für sie wichtiger und vor allem wollte sie eine wahre Liebesbeziehung mit ihrem Mann. Wie konnte sie im täglichen Leben ein ideales Gleichgewicht finden innerhalb dieser Beziehung?

Wer bezahlt die Stromrechnung und wer schleppt den Müllsack zum Container?

hatte einen bitteren Beigeschmack. Körperliche Anstrengung versprach eine bessere Zukunft, eine Zukunft mit Erfolgserlebnissen. Die Kontrolle über den eigenen Körper schaffte die Basis für ein gesundes Selbstvertrauen.

Körpersprache steht mir nahe. Intellektuelle Hochleistungen assoziierte ich oft mit Bücherwürmern, die mit blasser Haut drinnen saßen und nicht in Bäume kletterten.

Der Hunger nach neuen Herausforderungen verfolgte mich auf allen Wegen. Eines Tages fragte mich ein älterer Mann: "Was willst du dir selbst eigentlich beweisen"? Darauf antwortete ich:

und dir allerhand Sachen erzählt und anvertraut. Bei jeder Radiostimme möchte man sich ein Gesicht vorstellen können und das Zuhören darf nicht anstrengend sein. Die Stimme sollte entspannen und zu gleicher Zeit neugierig machen. Oft gibt eine tiefe Stimme dem Zuhörer das Gefühl von Sicherheit und Geborgenheit.

So wie liebevolle Eltern ihren Kindern Märchen vorlesen sollte auch die Radiostimme ein vertrautes Gefühl geben und Wärme ausstrahlen. Die Einschaltquote steigt und fällt mit diesem Anspruch, vergleichbar mit einem Koch der seine Gäste im Restaurant bezaubert mit einer Küche wo die Leute sprachlos in ihren Teller schauen und das Essen so genie-

spiele von erfolgreichen Sprechern im Radio, Damen sowie Herren.

Dieser Erfolg ist sicherlich zuzuschreiben an ihre professionelle Arbeit aber noch mehr an ihre Überzeugungskraft: Wir haben den Eindruck dass sie wirklich glauben an das was sie uns erzählen.

Radio- und Fernsehsender gehören in den meisten Fällen einer politischen Partei an. Diese will ein gewisses "Imago" sicherstellen. Und jetzt beginnt die Diskussion erst richtig: Besteht eine Unabhängigkeit der Medien? Haben wir es mit Propaganda zu tun oder mit dem Weitergeben von kulturellem Erbgut?

Hörspiele waren in den siebziger Jahren noch populär, aber wer nimmt heutzutage noch die Zeit um zuzuhören? Wir leben im Zeitalter des Knopfdrucks. Wir wollen alles sofort und ohne Mühe, ob es darum geht um die Zentralheizung einzuschalten oder den Computer.

Die schönsten Dinge im Leben funktionieren nicht auf Knopfdruck, so wie das Kaminfeuer oder etwa der Höhepunkt beim Liebesspiel.

Für diese Dinge braucht der Mensch etwas mehr Zeit!

Die gute Seite von dieser Geschichte ist: Wenn uns die Radiostimme nicht gefällt drücken wir einfach auf einen Knopf.

ihren Tieren.

Sie hatte auch einen Hund, allerdings keinen reinrassigen, aber eine Promenadenmischung: Das Resultat einer Kreuzung zwischen einem Border Collie und einem Boxer. Die weißen Socken hatte er vom Border Collie und die platte Schnauze vom Boxer. Das glänzende schwarze Fell und seine braunen Augen zogen die Aufmerksamkeit von vielen Tierliebhabern an.

"Boris", so war sein Name, hatte immer ein dickes Lederhalsband um, auf dem die Telefonnummer seiner Herrin zu lesen war. Diese wurde regelmäßig aus weit entfernten Dörfern angerufen, mit der Mitteilung dass man ihren Hund gefunden hatte.

Jeden Sonntag gab es in einem benachbarten Dorf einen Markt mit einer dieser Region entsprechenden Markthalle. Auf diesem Markt verkauften die Leute ihre lokalen Produkte, so wie Gemüse, Käse,

Brot, Honig, Schmuck, Kleider und Keramik. Es gab auch einen Pizzabäcker auf vier Rädern, Kaffee-und Teestände und eine offene Bar.

Diese befand sich auf dem Platz vor dem Gemeindehaus, wo man unter großen Platanen ruhig im Schatten sitzen konnte.

Gewürzen kreierte eine berauschende Atmosphäre. Die Frauen schlenderten mit handgeflochtenen Körben am Arm und die Kinder hatten alle Freiheit um zu rennen und zu spielen. Das Treiben hatte etwas von einer riesigen Wohngemeinschaft. Die Leute gegrüßten sich mit langandauernden Umarmungen und küssten sich auf die Wangen.

Man sah viele Männer mit Bärten und langen Haaren.

An einem Sonntag beschloss die Frau um ihren Hund Boris mitzunehmen auf den Markt, allerdings an der Hundeleine gehalten, denn sie wollte nicht das Risiko eingehen, dass sie ohne ihren Hund wieder nach Hause fahren musste.

"Kollektiv" war das Zauberwort, sowie "Gleichheit" und "Solidarität".

Obwohl Boris eine Boxerschnauze hatte und einen robusten Körperbau erschien er nicht wirklich gefährlich, aber mehr wie ein freundlicher Trottel. Das Schnüffeln an all diesen ungewohnten Düften und Körpergerüchen resultierte in ein eifriges Hin-und Her-Ziehen an der Hundeleine.

Zwischen dem Tee Stand und dem Pizzabäcker kam plötzlich ein Mann auf sie zu und fragte:

nicht weit entfernt von Haustieren denn sie haben einen Schlafplatz und etwas zu essen", antwortete sie scherzend, in der Hoffnung dass dieses Thema keine Fortsetzung fand. "Und was ist das überhaupt für eine Frage?

"Wenn du eine Frau suchst, sag' das dann gleich", fügte sie leicht irritiert hinzu. Sie zog an der Leine um Boris dichter bei sich zu halten und verschwand darauf um sich an der offenen Bar ein Getränk zu bestellen.

Lokales Bier von einer kleinen Brauerei war hier der absolute Verkaufshit, aber es gab auch hausgemachte Limonade und verschiedene frische Fruchtsäfte.

Mit einem Glas Bier in der einen Hand und mit der Schlaufe der Hundeleine in

nander und kamen danach ins Gespräch das hauptsächlich über seine Arbeit ging:

Der Milchpreis war wieder einmal in den Keller gesunken.

"Bauer" war der meist vorkommende Beruf in dieser Gegend, aber das war vielmals verbunden mit allerlei Nebenbeschäftigungen, so wie das Stricken von Pullovern, Holzschnitzen, Aquarellieren oder Korbflechten.

Richard hatte allerdings eine mehr klassische Idee von seinem Beruf.

"Stell dir vor", sagte er, du hättest jetzt zehn Hunde wie Boris, die nichts produzieren und nur fressen! Besser ist es um Ziegen oder Kälber zu züchten, denn

sehen hatte. Er hatte wahrscheinlich das Gespräch verfolgt das sie mit Richard führte.

"Pardon, dass ich euch unterbreche ", sagte er in einem höflichen Ton.

Danach richtete er seine Augen aber deutlich in die Richtung der Frau mit dem Hund und fragte: "Hast du schon gehört von der Demonstration am nächsten Sonntag? Es geht um die Überproduktion von Fleisch aus intensiver Viehzucht und das Absetzen des Monopols großer agrochemischer Betriebe".

"Ah, das ist eine gute Sache", sagte sie. "Es stimmt dass wir zu viel Fleisch essen. Der Mensch braucht überhaupt nicht soviel Fleisch. Man kann Proteine auch aus

wie es aussieht. Wir sehen uns"!

Er verschwand ziemlich eilig. Höchstwahrscheinlich wollte er keine Diskussion mit dem Aktivisten angehen.

"Wie heißt du eigentlich"? fragte der Mann sie.

"Marianne", antwortete sie mit ihrem Hund an der Leine, "und du"?

"Ich bin der Pierre. Hast du vielleicht Lust um mitzuhelfen bei der Vorbereitung der Demonstration am nächsten Sonntag"?

ihren Boris an, streichelte über seinen Kopf und verfolgte: "Den Boris lasse ich dann aber zu Hause".

"Das erscheint mir auch die bessere Lösung. So können gleich alle sehen dass du einen Mann hast".

Marianne sah Pierre an um zu erforschen was er mit dieser Bemerkung meinte. Nach einigem Zögern brachte sie es fertig um etwas in ihrem Mund zu formulieren und erklärte halb stotternd:

"Ich habe überhaupt keinen Mann. Er ist vor einem Jahr bei mir ausgezogen und lebt seitdem mit einer anderen Frau".

Seine Worte waren wie Balsam auf ihre Seele und ihr Gesicht entspannte sich. Nach einer kurzen Stille fragte sie mit schelmischer Stimme: "Und du, bist du in einer Beziehung mit einer Frau"?

"Ich habe ein ganzes Harem"! antwortete Pierre lachend.

"Ach, ich verstehe Herr Scheich"! kommentierte Marianne um das Spiel nicht zu verderben.

Sie lachten alle zwei aus vollem Herzen.

tion treffen wir uns am Freitag um fünf unter der Markthalle".

"Oh, am Freitag habe ich keine Zeit. Ich gebe an jedem Freitag Unterricht. Tanzunterricht! Ich habe viele Schüler: Von vierjährigen Kindern bis zu den Ältesten. Eine Dame ist schon fünfundsiebzig! Jedes Jahr machen wir eine große Aufführung mit allen Gruppen auf der Bühne vom Gemeindehaus".

"Das ist interessant", sagte Pierre. "Ich spiele ein bisschen Theater mit einer Laiengruppe. Wir nennen uns >Die fliegenden Fische<.

hört sich nicht schlecht an, das würde ich mir gern einmal ansehen"!

"Kein Problem, aber das wird wahrscheinlich erst in drei Wochen möglich sein. Wir ziehen nämlich mit unserer Truppe um in einen anderen Proberaum."

"Na dann muss ich noch etwas Geduld haben! Ok Pierre, ich werde jetzt noch etwas für die ganze Woche einkaufen und dann fahre ich mit Boris wieder nach Hause. Ich weiß noch nicht ob ich am nächsten Sonntag auf der Demonstration sein werde. Ich werde mal sehen! Tschüss!

Boris war wieder einmal verschwunden und sie vermutete dass dieser Anruf sie darüber informieren würde wo ihr Hund steckte.

"Hallo, hier ist Marianne am Telefon"!

"Hallo", klang es am anderen Ende. "Ich habe hier einen Hund mit einer Telefonnummer auf dem Halsband. Wenn Sie möchten können Sie den Hund bei mir abholen".

"Pierre, bist du es"? fragte sie mit zaghafter Stimme.

"Ich komme sofort, wo wohnst du genau"?

Pierre erklärte ihr den Weg zu seinem Haus.

Marianne stieg ins Auto mit einem sonderbaren Gefühl. Die Stimme von Pierre hatte etwas Magisches, etwas Vertrautes und etwas Aufregendes.

Angekommen an der richtigen Adresse stellte sie ihr Auto auf dem Hof ab und begab sich über einen kleinen Gartenweg bis zur Haustür.

Sie drückte auf die Klingel. Es gab nur eine: "Pierre Bourdon".

Da öffnete sich die Haustür. Marianne und Pierre face à face.

Die beiden sahen einander an. Worte waren überflüssig.

Sie fielen einander in die Arme.

Boris wedelte mit dem Schwanz als ob er sagen wollte:

"Nur Promenadenmischungen und Kreuzungen zwischen einem Border Collie und einem Boxer haben eine so gute Nase"!

Mitteln bestreiten.

Selbst die Regierung weiß damit keinen Rat mehr. Die Menschheit sitzt eingesperrt zu Hause. Auf einmal tauchen wir in eine Welt voller Misstrauen und Paranoia. Wir können die Informationen nicht immer selbst überprüfen die uns täglich in den Medien aufgetischt werden.

Aber wer wird denn gleich die Kontrolle verlieren? Die Ungewissheit wie das Leben weitergeht hat doch auch schöne und aufregende Aspekte. Sie stimuliert die Kreativität bei denen die erfinderisch sind.

Wie beim Topfschlagen tasten wir im Dunkeln. Mit einer Augenmaske versehen erfreuen wir uns an allen unsichtba-

wege und ganz andere Spiele?

Wie wäre es mit "Cabaret auf Badelatschen"? Cabaret assoziieren wir bisher mit hohen Hacken. Wir streben nach Anmut wenn wir hohe Hackenschuhe anziehen. Flache Schuhe passen nicht in das Bild.

Das hat vor allem zu tun mit unser Körperhaltung: Wir verlagern das Gewicht nach vorn, auf den sogenannten Fußballen, sodass sich unser Körper in die Höhe streckt. Warum tragen Männer eigentlich keine Hackenschuhe beim Fußball ? Der neue Trend von morgen:

"Cabaret auf Badelatschen gegen Fußball auf hohen Hacken".

nicht.

In der Griechischen Mythologie waren Götter oft eng verbunden mit der Tier-welt.

Zeit, Fortschritt und Kommunikation sind relative Begriffe.

Quintessenz:

Symposium statt Imbissbude!

Mosaik : Dionysos auf seinem Panther
325 -300 BC.
Pella Museum, Griechenland

Zeitfracht Medien GmbH
Ferdinand-Jühlke-Straße 7
99095 Erfurt, Deutschland
produktsicherheit@kolibri360.de